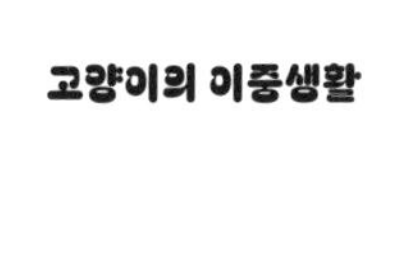
고양이의 이중생활

인간 세상을 평화롭게 하기 위한 귀여운 비밀 작전

고양이의 이중생활

글·그림 코큐보

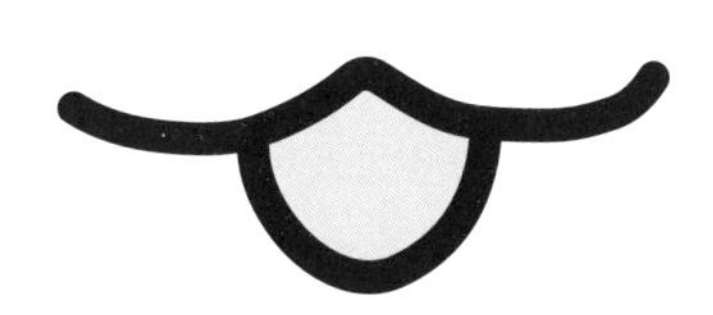

프롤로그

겨울날 아침, 산책 중에 소복이 쌓인 눈 위로 폭폭 찍혀 있는 귀여운 발자국을 쫓아가 보았습니다. 고양이 둘이서 동네 한 바퀴를 쭉 둘러보고 화로 앞에서 네 발을 다소곳이 모아 앉았다가 떠난 모양이더라고요. 그 자리에서 고개를 들어 보니 눈 덮인 마을 풍경이 펼쳐져 있었습니다. 그 모습을 함께 본 언니가 "공인중개사 고양이가 손님 고양이한테 집을 소개해 줬나 보다"라고 말했고, 그 귀여운 상상에서 영감을 받아 이 만화가 탄생하게 되었습니다.

'만약 고양이가 가게 주인이면 어떨까?'라는 생각을 시작으로, 고양이들의 은밀한 이중생활을 매일같이 떠올리고 그림으로 그렸습니다. 그렇게 에피소드를 하나둘 모아 한 권의 책을 완성했답니다.

첫 번째 챕터에는 일상적인 장소에 고양이가 등장하는 상황을, 두 번째 챕터에는 예상치 못한 재미와 힐링을 전하는 비밀스러운 고양이 이야기를 담았습니다. 책 곳곳의 'Behind Photo' 코너에는 에피소드를 더 실감 나게 만드는 집사님들의 제보 사진을 실었으니 즐겁게 봐 주시길 바랍니다.

책을 읽고 난 후 길을 걷다가, 상점에 들어갈 때마다 귀여운 고양이 주인장과 알바생을 만나진 않을까 은근슬쩍 기대하는 마음이 들면 좋겠습니다.

코큐보 드림

목차

WANTED

이런 일까지 한다고? 은밀한 투잡 고양이

🐾 표시가 된 에피소드에는 비하인드 포토가 실려 있습니다.
말맛과 재미를 살리기 위해 일부 표현은 고양이의 언어를 사용했습니다.

주인공 소개

야옹이

인간 세상에 뜬금없이 불쑥 등장하면서도
언제나 태연한 표정을 유지한다.
무엇이든 앞장서는 프로 일꾼이지만
딱히 일을 잘 해결하는 것 같진 않다.
고양이들끼리 있을 때만 사람처럼 말한다.

친구들

모카냥, 카레냥, 삼김냥 등

야옹이와 함께 인간 세상의 평화를 돕기
위해 노력하지만 역시나 의도치 않게
상황을 더 엉망으로 만들 때도 있다.
어쩌면 귀여워서 사람들이
눈감아 주는 것일지도…?

인간

고호와 영희

무뚝뚝하고 내성적이지만
따뜻한 시선을 가진 고호.
이해심이 많으며 주변 사람과 고양이를
항상 밝은 미소로 대하는 영희.

일상의 장소에 불쑥!
비밀스러운 잠입 고양이

잠입! 부동산

딸랑~
어서 오세요.
어떻게 도와드릴까요?

혼자 살 집을 구하고 있어요.
냥적이 드물고
개가 없는 곳이면 좋겠어요.

마침
딱 맞는 집이 있는데
가시죠!

저기 보이는
산꼭대기 집입니다.

여기가
들어오는 입구고요.

뒤뜰 보시죠~
여기가 난로.
집 안도 천천히 보시고요~

지금 함께 살고 있는 고양이와의 인연은 어쩌면

야옹 중개사가 열심히 일한 덕분일지도.

잠입! 세탁소

슝—
슝—

골골골..
네!
모레 찾으러 올게요.

따롱~
사장님!
헉헉

이거 제가 아끼는
앙고라 스웨터인데
추욱..
털이 다 빠졌어요. 도와주세요!

...
!
야옹야옹!
냐ー

냐!
데굴
데굴

털옷 수선은 야옹 세탁소가 전문입니다!

다양한 색깔의 보송한 털이 준비되어 있습니다.

잠입! 레스토랑

웨~옹!
어서 오십쇼!

오늘의 요리는
고등어 녹차밥으로 준비했습니다.

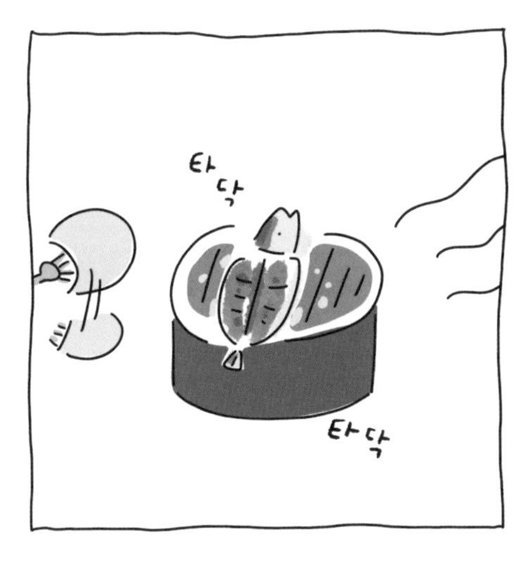
타닥
타닥

조르륵

식사
나왔습니다~

흡-족
앙냥냥양앙냥
앙냥냥
찹
챱쓰

앗!
휙!

계산 시 귀여움으로 무장한 진상 손님을

조심하십시오.

잠입! 꽃집

야옹 꽃집

웨옹?
네...
꽃사려고요.
팍 팍

프러포즈용
꽃다발이요!
미옹!

캣그라스
개다래나무
캣닢
강아지 풀
...?
휙~
휙~

야옹
냐냐

?

...?
냐~

좋... 좋아합니다!

야옹 꽃집에서 꽃다발을 구입하시면

프러포즈 동행 서비스가 제공됩니다.

잠입! 빵집

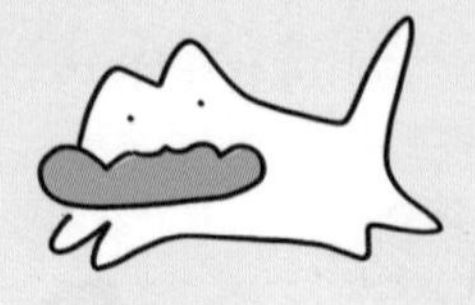

뭘로 드릴까요?

크림빵
하나 주세요.
2,000원
입니다~

네~
여기요~
고맙습니다!

아, 그리고…
네?

바로 먹을게요.

...
입에 넣어 드려요?

인기 빵집의 특급 서비스! 놓치지 마세요.

잠입! 지하철

이번 정류장은…

뒤적 뒤적

야옹 장난감 판매
펄~~럭

휘리리릭―!
ㅇㅇ은행.
1만원
웨―옹!

스으윽..

선생님!!
?!!
...

혼자만 알기 아까운 상품이라 그랬네옹~

잠입! 택시
TAXI

어어~
택시!!

양!
지~잉
서울역
가나요?

야옹 택시
TAXI
처음 타 봐...

미양?
아,
노래 틀어 주신다고요?
좋죠~

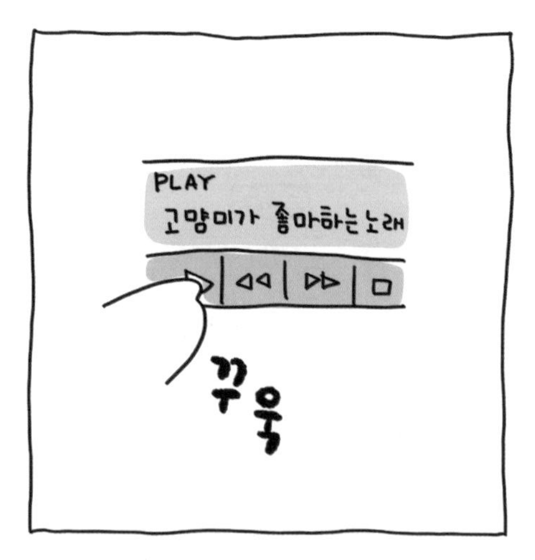
PLAY
고망미가 좋아하는 노래
꾸욱

미옹미옹
오옹웨옹!
하하, 세상에~
거참 이상한 일이네요!

앗, 여기 앞에
세워 주세요!
끼-익

둠칫 둠칫! 기분 좋은 BGM까지 완벽한 야옹 택시

잠입! 회의실

잠깐 진정!!
헉
헉
헉
여러분 진정!!

회의
시작하겠습니다.

아...
마이크 테스트..
툭
!!!!!

퍽
퍽
왕
왕!

저는 여러분과 놀기 위해
이 자리까지 온 게 아닙니다!

왕 팀장,
회의 시작하세요.
왕!

밀린 업무에 지친 인간들을 위한

회의 대행 서비스. 무사히 끝날까요?

잠입! 빌라

...?
부동산(빌라)
세입자 구함

안녕하세요~
전단지 보고 왔는데요.

야옹야옹
아... 물부터 채우라고요?

캬!
아잇!! 깜짝이야!
찹찹찹...

야오옹~
앗 화장실
청소요?
갑니다
가요~

야옹빌라
후..
이제
자자.

포근한 잠자리 보장!

야옹 빌라의 세입자로 모십니다.

잠입! 경비실

싹~담

안녕하세요!
양~
주간대학

냐냥!
네? 저요...?

앗, 제 앞으로
온 택배군요.
감사
합니다.
네. 빈 박스는 두고 갈게요.
웨~옹!

만~족

~밤 경비~
바스락

눈 레이저 장착. 밤 경비까지 철저하게!

안전제일 야옹 경비.

자주 경비 모드로 돌입하는 고양이들

잠입! 카페 1

딸랑~
안녕하세요~

사장님?
여기서 주무시면 안 돼요~
!

〈특별한 커피〉
잡지에서
취재 왔습니다!
메뉴
할짝
…앗!

저는
더티카푸치노
주세요!
저는
미온~ 라테!
메뉴
HOT
미온~라테
BEST
더티카푸치노
물

~잠시 후~
감사합니다.
앩옹...!

호로록~

뻔한 커피는 가라! 힙한 커피란 바로 이런 것.

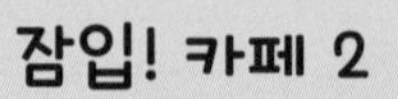
잠입! 카페 2

어서오세요
야옹 카페

웨~~옹!
...

귀... 귀엽다!

안녕~!
휙!
저... 안녕?

냥?
시무룩...
고르세요
1
2
3
4
앗?! 저는
2번 점박이요!

앗!
슥!
부...
부드럽다!

간식
냐냥!
아... 결제는
간식으로 하나요?

행복은 돈으로 사세요~

철저히 자본주의로 움직이는 야옹 카페 직원들.

잠입! 마트

웨옹 웨옹~
치익
OO마트
와~
시식코너다!

큰 거 먹어야지~
쏙

탁!
!

앗, 그럼
작은 거 두 개 먹어야지.
머쓱..

타앗!
!!!

파지직…

얍!
냥!
얍!
냥!
얍!
냥!
얍!
냥!

안 사고는 못 배기게 하는 신종 영업 전략!

잠입! 와인바

저, 이 메뉴
뭔가요?
웨옹

콱

...그냥 이거
시키자.
앙
그래!

앗, 우리 음식
나오나 봐.

스 — — 윽
...

~잠시 후~
참, 샴페인
준비했어.
냥
와~

깜짝 이벤트가 필요할 땐

야옹 다이닝 풀코스를 이용해 주세요.

잠입! 칵테일바

웨옹
웨옹!
쉐킷
쉐킷
안녕하세요~

조르륵ㅡ..

냐 냥!
앗...
감사합니다.

저는 온더락으로
주세요.

톡
톡

쑤ㅡ욱!

최선을 다해

한 잔의 행복을 말아드립니다(미오오옹-).

잠입! 에스테틱

지잉
어서 오세요~

저희 매장
처음이세요?
네!
이쪽으로 오세요~

침대에
누우셨으면
원장님
들어가실게요!

왕!
..?

꾹
꾹
꾹
??
??

토
도
툭
툭
툭
툭

지압부터 온열팩까지

원장님이 직접 케어해 드립니다.

섬세한 터치로 꾸우꾸우 조물조물~

모래, 바다

잠입! 마사지숍

찾으시는 선생님
있으신가요?
카레 선생님이요!

쪼ㅗㄱ

양?
네, 시원해요~

양!
아, 돌아 누우라고요?

숙 — 면
...

- 10분 뒤 -
엄청
개운해!
악...!

디테일한 손재간이 살아 있는

최고의 마사지 전문가.

잠입! 미용실

지-잉
어서 오세요!!

찾으시는 선생님 있으세요?
샤라락~
아뇨, 포마드 보고 왔습니다.

아, 저희 포마드
전문 원장님 불러 드릴게요~

뭉
타
탓!
에?

할~짝
?!!!
아니
잠깐만요!
삹
삹
삹
삹

슝
슝
슝
슝
으아아
아아

한 올 한 올 섬세하게 핥아 드립니다.

잠입! 병원

~지난 과거들~
스트레칭
귀찮다고 안 하고,
끙
...
허리가
아파도 참고,
탁
탁
반가워요
아이고!
빳
빳
반갑습니다!
내가!
반가운 척 꼬리 세웠지.

의사 선생님~!
어떻게 하면
나을 수 있나요~
엉
엉
쉬쩍

짜안!
야옹재활
일자목허리꼬리 치료!
1:1 전문 강사
OXO - XXX - OOOO

안녕하세요.
전단지 보고 왔는데요.
...
좋아요! 그럼 바로
시작할까요?

거의 다 왔어요!!
끄응..
첫째, 빨래 건조대
스트레칭

우리가 싫어하는 건
뭐죠~?!
피해요!
빨리!
끼야옹!
둘째, 손 피하기

일자목, 일자허리, 일자꼬리 함께 관리하자고요!

잠입! 요가원

쭈―욱
?!!
수업 시작했습니다.
잘 따라해 주세요!

자, 천장을 바라보며
하~~암
하~~암
깊은 숨을 내쉬세요.

다음, 고양이 자세~
쭈~욱

?!!!
착

자세 가능한 분만
따라해 주세요~
끙..
살ㄹㅌ
살ㄹㅌ 살ㄹㅌ

다음 동작은~
아기 자세~

수업 난이도는 높지만

불면증 완화에 탁월한 야옹 요가.

실력에 맞게 클래스를 수강하실 수 있다냥!

초급자반 몽쉘

중급자반 코비, 치코

마스터반 고등어

잠입! 이삿짐센터

흠
오실 때가 됐는데….

양!
앗,
넵! 접니다~

우르르~

이거랑
또 저것도~
북작
북작

~ 한참 뒤 ~
근데
이 마지막
상자는 뭔가요?

가장 안전하고도 편안한 공간,

박스로 당신을 모십니다.

잠입! 오락실

내가 바로 인형 뽑기 왕!

내가 뽑지 못하는 인형은 없지!

거긴
정말 안 돼요!
못 뽑아요~
ㅋㅋㅋ
야옹뽑기
여긴가?
아무도
뽑지 못한 곳.

음... OK!
03

지금
이닷!!
콱!
Prize Out

위ㅡ잉!

나쁜 의도는 없고요,

친구들을 지키는 것뿐이다옹!

잠입! 초밥집

초밥
오늘은 초밥
먹을까요?
가시죠!

미오오- -옹!
2명이요~

차부터 준비해 드릴게요~

아이고, 셰프님~
목 타셨군요!
할짝 할짝

앗!!
저건…대참치!

메인 셰프님의
참치 해부 쇼 시작합니다!

뾰로로롱~
우와아앗!!

적성에 딱! 초밥 맛의 비결은
셰프님이 일을 즐기기 때문 아닐까요?

잠입! 횟집

자연산 회 식가
~야옹 횟집~
알바냥이!
상추 좀 뜯어 와라.
네!

뜯
뜯
쌈밥
...

다음 메뉴,
소라회!
옙!
휘리릭

깡!
깡!
콰직
깡!

~ 영업 마감 ~
수고했네~
이건 보너스~~
고맙습니다

야호~
캣닙샵
캣닙샵
히히

한 통의 캣닢을 위해 오늘도 열심히 일하는 고양이.

아무리 좋아도 방심하면 안 돼요!

잠입! 아이스크림가게

노르웨이
연어맛
하나 주세요.
아이수쿠림~

윅!
윅!
윅!
윅!

헉 헉
못 잡겠지~?

왕!
짜ㅡ릿!
알았네...
여기!

!

우다다다

고양이와 강아지.

밀당할 때도 있지만 서로 돕고 살아요.

잠입! 빨래방

손 빨래
셔츠 한 장 맡길게요.

시무룩..

고르르..o..

우왓! 엄청 잘 다려졌어~

양모 담요
맡길게요~!
손 빨래

야~아!

골..
골..
골..
골..
골..
골..

보송한 담요를 가져오시면 '꾹꾹이'와 '쭙쭙이' 기술로

구석구석 꼼꼼하게 빨아 드립니다.

잠입! 침구숍

패브릭
웨옹
안녕하세요.
베개 사려고
하는데요~

미옹
미옹!
아, 여기 있군요.

근데, 일반 솜과
깃털에 무슨 차이가
있나요?
꾸르릉 양!
폴짝!

양..!
꾸욱
꾹..

..꾸르륵..
꾸르..골골

헉!
갑자기 주무시면
어떡해요!

어머, 저 고양이 숙면 베개
갖고 싶다.
웅성
웅성
이 베개인가 봐!

아니, 이거
제가 사러 온 거예요!

제가 먼저 잡았어요!

좋은 걸 뭐라고 달리 설명할 방법은 없지만

고로롱… 꿀잠으로 증명합니다.

잠입! 안경원

안녕하세요~

미-옹!
네, 안경
맞추러 왔어요.

시력검사
2

탁!

벅!
벅!
음... 나비?
미앙?
아...
새예요?

안경 다리가
안 맞아요!

쉽게 흥분하는 관계로

섬세한 작업은 어렵습니다.

잠입! 양복점

끼-익
저...
계세요~?

아~ 네.
정장 맞추러
왔어요.
웨옹
웨옹
......

네~
면접 보러 가요.
냥?
쭈-욱

냥!
폴짝!
아…
이렇게요?

양~!
벌써 됐나요?

머쓱 -
!!!

중요한 날,

턱시도 야옹이 재단사가 긴장까지 풀어 드려요~

잠입! 유치원 1

어린이 여러분~
오늘은 사냥을 배워 볼 거예요!

교실에 숨어 있는
쥐를 찾아볼까요?

어디 있니~ 쥐야~
나와라!

점박이 어린이,
여기 봐요.
쥐!!

인간 세상에 쥐가 안 보이는 이유는

고양이 유치원의 쥐 잡기 조기교육 덕분!

잠입! 유치원 2

오늘 일일 선생님이에요~
모두 선생님 말 잘 듣기!
야
네!

~아침 인사 시간~

음, 주먹 인사요~
부~비
꺄르르

저는 손 인사요!
말~~랑
꺄
아아~

포옹 인사요!!
와락!

고로롱..
골..
골골..
골..

~ 수업 시작 ~
야옹 선생님,
이제 그만!!
골골..
..골

나비야, 나비야
이리 날아 오너라~
음악 시간

선탱니임~~
쟤가 때렸어요!
으앙
놀이 시간

움찔
후아~암~

미...
미아내.
응
부빗

고단하지만 보람찬 냥선생의 하루.

츄르로 특근 수당을 지급하라옹!

이런 일까지 한다고?
은밀한 투잡 고양이

은밀한 핫팩 팔이

휘오 오오오—

아앗, 핫팩이
금방 차가워졌어...

냥양양~

와하하
집냥이들은
행복해 보여...

에잇, 이딴 핫팩!
잘
팍

와르
르르
나도… 나도 따뜻할 자격 있어!

한 겨울, 길거리에서 핫팩 팔이 냥이를 만날지도 모르니

현금을 챙겨 다니세요.

은밀한 주술사

제가 요즘 가슴이 막 뛰고
답답해요.
방법이 없을까요?

뾰로로롱…

냐냥!
고양이를
기르라고요?

꾸릉.. 양!
대신 좋은 일 하나
나쁜 일 하나가 생긴다고요?

아닛!
이런 곳에 고양이가...!

고양이를 데려와 쓰다듬으니
혈압이 내려가면서
마음이 차분해지네.

일이 안 풀려서 답답할 때는 야옹 주술사에게로~

은밀한 서예가

야옹 서예
헉헉
여기다!

냥필 대가의
제자가
되고 싶습니다!
얍
넙~죽
그래요?
꼬리 좀 볼까?

애개~~
꼬리가 이렇게 얇아서야!
...

꼬리가 나처럼
토실토실! 응?
촥-
촥-
그래야 냥필이 나오는 거지!

자네 꼬리로는 안 돼.
돌아가.
쨔!
...
으앙 ...

~집~
얇은
꼬리로도
한번
해 보는 거야!

꼬리붓으로 소소한 희망의 메시지를 전하는

야옹 서예가.

은밀한 발명가

언짢음
탈
탈
탈
툭

!

카펫 청소 잘한 고양이의
이름을 따서
클리너 출시합니다!
EVENT!

저요~!
...
구르르..

양!
퍽
퍽
미야오옹!
탈락!

저도 해 봐도
될까요?
...네가?
그래~
ㄱㅐ ―꿋

돌돌이, 그 이름의 유래! 반려동물 청소용품은

인간들 몰래 직접 써 보고 신중하게 개발합니다.

강아지와 고양이의 자존심을 건 한판 승부

은밀한 사진가

여기서부터
사진전이
진행됩니다.

무제

당했다

목표

나의길

와~ 새로운 세상에
온 듯한 예술 작품이야!
작가님
같이 사진 찍어요!
냥

시선을 달리하면 우리네 일상도

멋진 작품이 된답니다!

은밀한 도예가

샤악
!!

문화재 연구실

완벽한
삼선 기법..
문화계 발칵!
도자기 장인
알고보니..
고양이!
삼선의 비례

ME
TIME
TI

샤악- 예술 뭐 별거 없다냥!

은밀한 여행가

주섬 주섬

시외버스

안녕하세요!
1묘 예약
맞으시죠?
민박
냥~

오션뷰로
배정해 드렸어요.
필요한 것 있으시면
말씀해 주세요~

따스한 햇빛 한 줄기면 그곳이 지상낙원~

은밀한 어시스턴트

안녕하세요, 만화가입니다.

이쪽은 제 어시스턴트 야옹이에요!

만화의 시작은 콘티인데요!

이렇게
아얏!
팍
팍
아얏!!

그래도 가끔 어시가 이렇게
스윽
손목도 보호해 주고 그래요~

다음으로 대사를 넣어요!
안녕하ㅏ
ㅏㅏㅏㅏㅏㅏㅏㅏ
꾸욱..
아하하핫~~

~한참 뒤~
열심
열심
이제 채색만 하면…
거의 다 됐어요!

다 했다~
웨옹?
응? 물어볼 게
있다고?

냥시스턴트와 작업 시

백업에 철저히 신경쓰십시오.

아직 서투르지만 어떤 일이든 맡겨만 달라옹!

은밀한 챔피언

손이 보이지 않는
결승전입니다!

결과가 곧 나올 것 같은데요~
과연...!

!!!

아앗! 갑자기
자리를 뜨는 콧수염 선수!

. . .
스윽

어엇!!
초강수를 둔 콧수염 선수
아니... 야옹 선수!
삹
삹

안 풀리는 승부가 있거든

고양이의 손에 운명을 맡기십시오.

은밀한 골프 캐디

선배님,
한 수 알려주십시오.

좋은 게임 해 봅시다!

자네 캐디는...
으잉?
오늘 제
캐디입니다.

으흠... 그럼 내가
가볍게 시작해 보지.

깡!
나이스 샷~

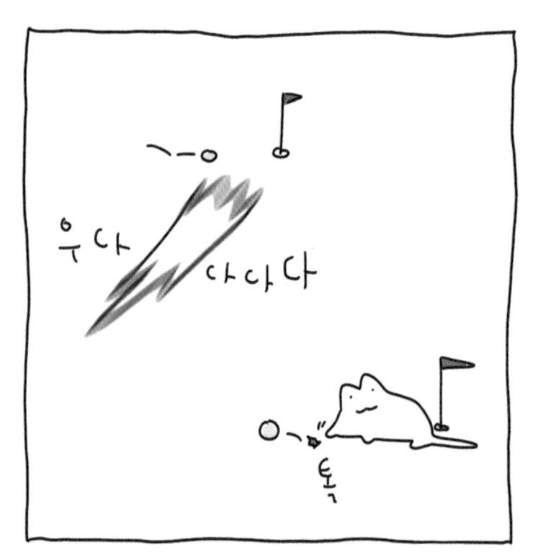
우다
다다다
툭

정말
아깝네요!

그럼
저도 한 번...
깡!

발 빠른 캐디의 은밀한 승부 조작!

은밀한 트레이너

히히힛
우냥..
멋진 팔근육을 갖고 싶어!

자~ 바벨 들어 볼게요~
등록했다.

번-쩍!
읏!
헉!!

앗 이 고양이
나와 같은 초보인가?
저...
처음이세...

붕- 붕-
..!!!

미..
옹..!
에구,
힘드세요?
후달
회원님은 봉만 들고
하실게요~!

인간들을 돕기 위해 체력 관리는

선택이 아닌 필수!

은밀한 축구선수

삐 ー 익!
?
멀뚱
멀뚱
?
앗! 심판, 지금 뭘 하는 거죠?

그렇죠! 공을 차 줘야죠!
!
툭
경기 시작했습니다~!

화려한 드리블을 선보이는
얍!
얍!
모카 선수!

패스 ㅡ!

쌔—앵!
아아! 그대로 지나가 버립니다.

공이 골키퍼에게 향하는데요!

철벽 수비! 골은 내가 넣을 고양~

-골키퍼의 배신-

은밀한 골목대장

휴~ 또 어딜 갔는지...
앗, 두목냥이!
...

두목냥이...
우리 야옹이 보면
집으로 돌아오라고 해 줘요.

양!

어이, 꼬맹이!
?
결투를 신청한다!

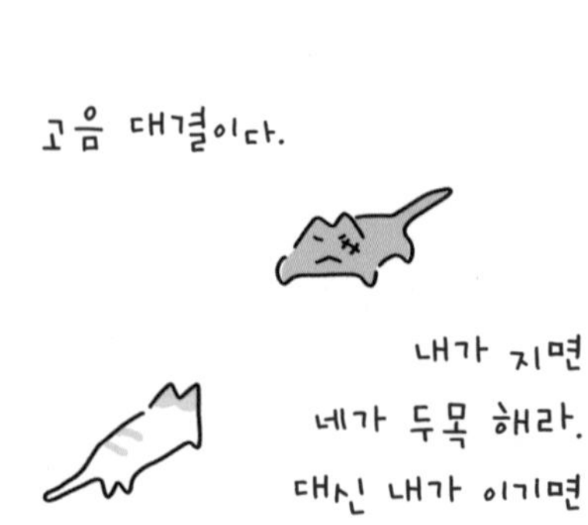
고음 대결이다.
내가 지면
네가 두목 해라.
대신 내가 이기면
넌 집으로 돌아가!

...도
레
..미
..솔..
..파..
라..

집 나간 가출냥이가 돌아왔다면

두목냥이의 노력 덕분일지도.

귀여움은 거부한다! 카리스마 냥이

은밀한 인턴

아니 이분은
누구신가?
웨옹
아, 오늘 출근길에
따라와서...

야옹
야옹
응? 여기서 일을
배워 보고 싶다고?

쏘옥
그래요! 오늘부터
냥인턴으로 일해 봅시다.

냥인턴 여기
커피 좀~
냥인턴 여기
샘플 좀~
냥인턴 키보드는
밟으면 안 되지!!

냥인턴~
냥인턴~
탁
탁!

콰 득!

회사에 일 잘하는 냥인턴 한 마리쯤은 필수랍니다.

은밀한 탐정

이건 분명
누군가의
모략이다!!
스트르
야옹
탐정
변신!!

역시
이건
고양이가 아니다!
쿵!

누구냐옹!
탓

우
다
다다
다
잡았다!
끼-익

넌...
이웃집
멍멍이!
게 섰거라!

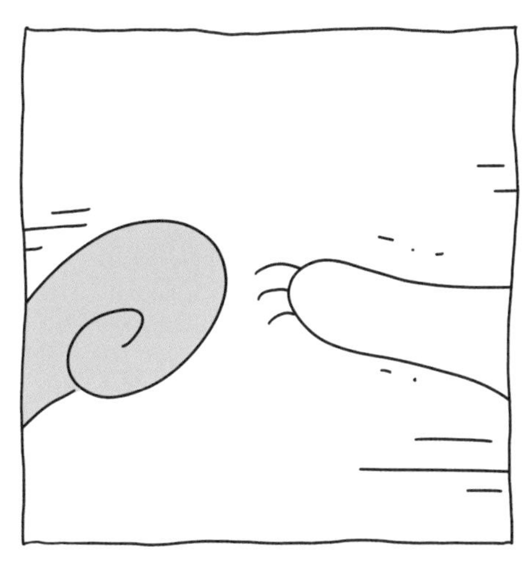

의문의 사건 해결 전문가 야옹 탐정!

결정적인 순간 햇빛 마취를 당하고 마는데….

은밀한 보부상

파닥
파닥
행운2천원
고양이수염

2천 원짜리 주세요.

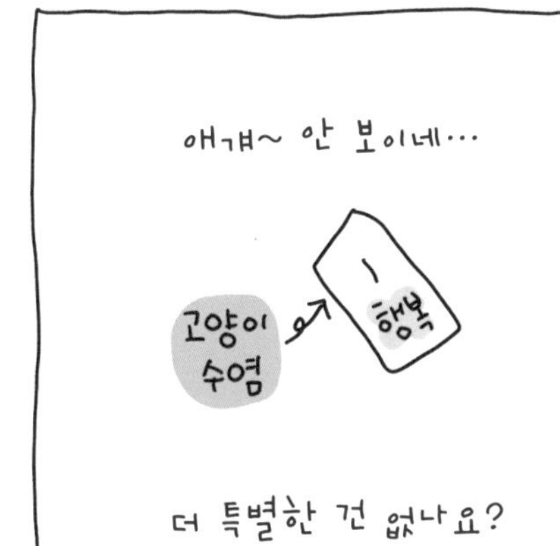
애개~ 안 보이네…
고양이 수염
행복
더 특별한 건 없나요?

뒤적 뒤적

행운이 올 거라고 믿는 자에겐 행운이 따를 겁니다.

은밀한 닌자

나 닌자냥이...
은신처가 필요하다!

후후… 잠입 성공!

인간부터
쓰러뜨리자~

푹~신
쏴ㅡ
도로롱..

좀 더 지켜보자.

타이밍을
노린다!

Z
z
흠냐...

조심하세요. 우리 집 고양이는 사실

집을 차지하러 들어온 닌자일지도~

은밀하게 숨기에 능한 닌자냥이

은밀한 보모

저 당장 가야 해서
우리 아가
잘 부탁해요-!
양?!

쾅
으 에엥-!
녹즙 팔러 옴

휙
톡
톡
톡

으아
아아앙

쭙..
쭙..
끙

에-
꺄르르-
앙!

아기와 고양이의 조합은 사랑♡

은밀한 배달원

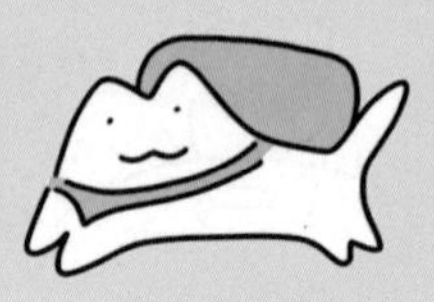

오늘은 배달 음식 시켜 볼까?

앗, 뚜벅이 배달이네!

끄적
좀 기다려야겠다...

~ 몇분 뒤 ~
어디쯤
왔나
볼까?

쏘옥!

앗, 몇 호
출입하세요?
미앙?

딩동~
엇, 벌써?!

야옹 배달부만 알고 있는 비밀 지름길로 쏘옥- 쏘옥-!

오토바이보다 빨라요~

은밀한 합창단

아이고 어쩐다!
꼼짝도 안 하네~

짜-안!

양~~
헉!
우르르~

준비~

한마음 한뜻으로 노래를 부르면 안 될 일이 없답니다.

은밀한 신

자~ 1도 채색
앞으로~~!

치덕 치덕

다음 2도 채색
앞으로~~
배송팀,
출발하세요!

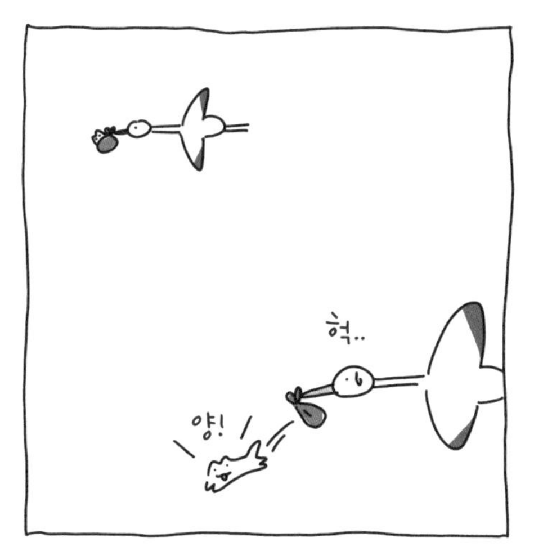
헉..
냥!

...
저런, 엄마를
잃어버렸니?
미옹미옹
미옹미
옹미..

우리 집도
고양이 키웠으면
좋겠어요~
어떤 색깔
고양이?

고양이와 집사의 만남은 어쩌면 신이 내린 축복일지도.

다채로운 고양이 무늬의 비밀 공개!

은밀한 미화원

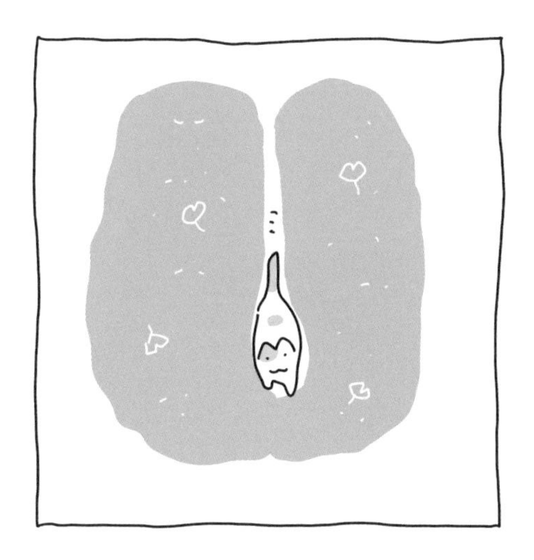

그러고 보니
오늘 아침에
집사가
배를 만졌지.
?!!
쓰~담

정말 기분 나빠!
휙
휙

아니 그리고 또...!
멈칫

간식 줄까?
얌~
왜 안 먹지?
...
캔참치
달랬는데
츄르 줬어...!

집사 정말 바보야!!
부
웅

저... 혹시
이 길을 혼자 치우신 건가요?

빗자루만큼 성능이 좋은 보송보송 극세사 꼬리.

은밀한 문지기

네! 말씀하신 최첨단 출입문
이름하여 '야옹 인식'입니다!

사용 방법은 간단합니다.
가까이 손을 대면…

샇ㄹㅌ—
샇ㄹㅌ—

웨
옹
알림과 함께 문이 열립니다!

호불호에 따라 인식에 오류가 생길 수 있습니다.

은밀한 공주님

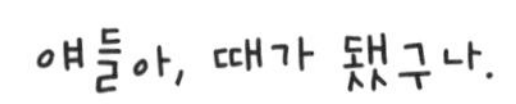

짐을 싸려렴.
원래 집으로
돌아갈거야.
어디로
가나요?

사실 엄마는
공주님이란다!

너희가 어느 정도

자랐으니

네-!

다시 왕국으로 돌아가는 거란다.

따라오렴~

조금만 더
힘을 내!
으앙

숲속의 길냥이들을 공주님이라 부르는 사람들.

고양이들을 가장 아껴주는 왕국은 인간 세상.

공주님이 낳은 공주님들

나쵸, 망고, 초코

은밀한 AI

지~잉
우다다다!

헤이, 야옹 AI
커튼 열어 줘~!

지잉
촤르륵
양

이제
잘 시간이군…
지잉

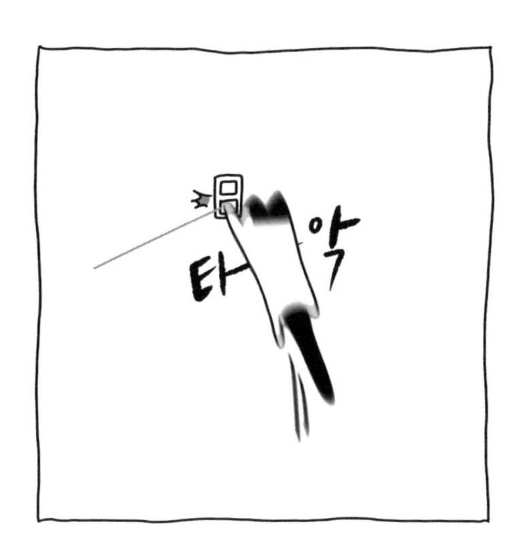

레이저와 고양이의 조합이면

스마트한 생활이 가능합니다.

은밀한 아기냥이

이제 겨울인데,
길고양이를 후원해 볼까?

길고양이
도와주세요

어디 보자. 당장 도움이 필요한
고양이 후원하기!
탁
탁

~며칠 뒤~

내가 후원한
고양이구나~!
첫 접종을 마쳤다니
다행이다.

후원자에게
보내는 편지도 있네!
두~근
?

~몇 개월 뒤~
또 뭐라고
편지가 왔을까?
...?

~다시 몇 개월 뒤~
멋진 성묘가 되어
입양 성사되었습니다.
후원자님께 마지막
감사 편지 드립니다.
다행이다!

건강하게 잘 살아가는 것만으로 큰 감동을 줍니다.

은밀한 냥돌프

~ 산타의 집 ~

하아... 큰일이다.

루돌프가 다 은퇴해서
이제 배송은 어쩐담...

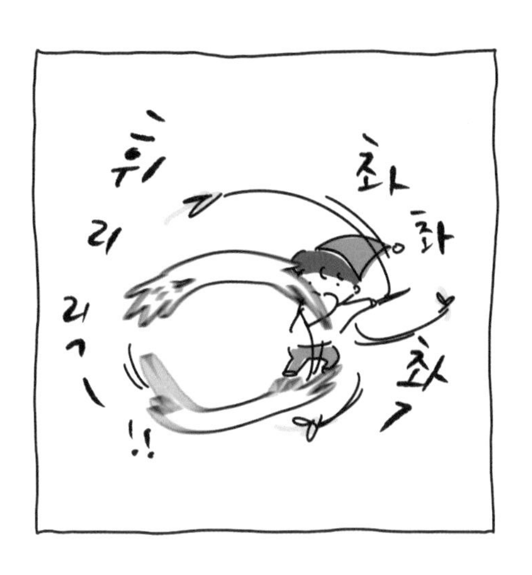
휘리리릭~!!
촤촤촥

~10분 뒤~
아이고... 산타 좀 쉬자!
으응?

?!!!

우다다다

냥돌프 군단 손쉽게 섭외 완료!

크리스마스의 기쁨을 전하러 출동합니다.

냥돌프, 착한 일을 많이 했다면 만날 수 있을 거예요!

특별편

야옹이의 입원일기

금방 데리러 올게!
미안해!

보호자님~
수술 끝나면 연락드릴게요.
으아앙!!

쾅

에구, 아직 한참 어린데
어쩌다 왔어요?
첫번째 룸메
중성화 수술하러요.
할머니는요?

저기 창 너머
집 보이죠?
저기가 우리 집이거든.

근데 언제부턴가
심장이 자꾸 말썽을 피워서…

그래, 이참에 수술 그깟 거
해치워 버리지 뭐!

...라는 마음으로
수술받으러 왔어요.

~그날 밤~
크와앙
으악..
고약한 코골이!!

고약한 코골이 할머니는
수술하러 가셨구나…
두 번째 룸메
혼자 오셨어요?
아…

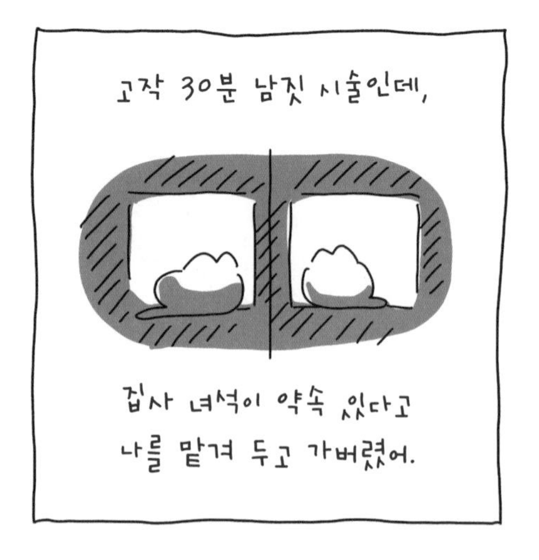
고작 30분 남짓 시술인데,
집사 녀석이 약속 있다고
나를 맡겨 두고 가버렸어.

병원 오면 다 낫는 줄 알았지.

근데 아니더라고.

건강은 고쳐 쓰는 게 아니야.

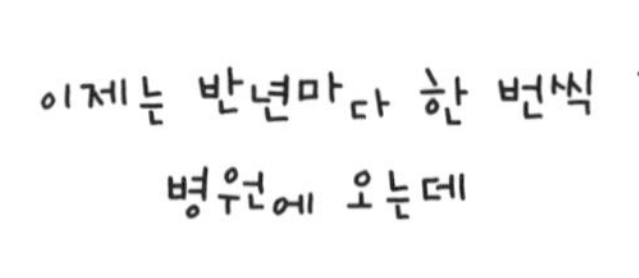

비용도 만만치 않지...

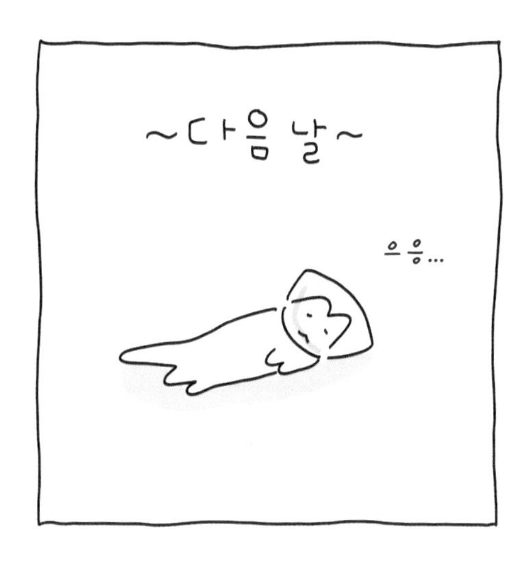
~다음 날~
으응…

나 수술했나 봐.
옆 할머니는
퇴원하셨구나.

삼색 할머니냥이
회복실로 옮겼습니다~
세번째 룸메

다음 날이면
또 퇴원하시겠지...
쾅
무덤덤

엄마.
폴짝

에고, 아가
병문안 왔...
저
이혼하려고요.

저도 듣고
있는데요...?!
사업도 해야 하고...
또 돈도 필요하고...

~한참 뒤~
끼익
결국 한탄만 하고 돌아갔군.

~그날 밤~
크
와아악~
ε
응
으익... 할머니냥이들의
코골이란!!

야옹 신이시여..
...응?

신이시여
신이시여.
다시는 병원에
오지 않게 해 주세요.

...근데 젊은 냥이는
어쩌다 왔어요?
끼익..
중성화 수술이요.

꼬
옥

야옹 신이 낫게 해 주실 겁니다.

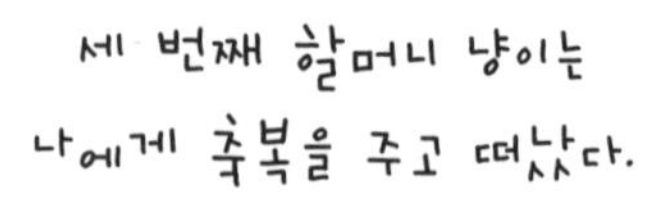

새로운 룸메가
들어왔군.

아무 소리도 없이
하루 종일 핸드폰만 하고...

침울한 고양이인가 봐.

~다음 날~
야옹
야옹님 항생제 주사
맞을게요~

아니 어디가
아파서 왔길래
촥!
어린 나이에
항생제를 맞아요?

어어!
젊은 고양이네요?
저는 중성화...
~수다 삼매경~

그랬구나~
나는 유치원 선생님이에요.
자꾸 다리 림프종이 부어서
벌써 일곱 번째 입원이에요.

자꾸 직장에 폐를 끼쳐
어떻게 해야 할지

어젯밤에는 '왜 나에게
이런 일이 생기는 걸까?' 하곤
혼자 울었거든요.

왜 나에게
이런 일이...

아프면 다
똑같은 마음이구나.

~다음 날~
웨옹
웨옹

진통제 주사 놓을게요~
미오오옹
엄청난 통증!

야옹님, 입원 처음이시죠?
한 번에 나을 거라고 생각하지 말아요.
조금씩 나아가는 거예요. 알았죠?

야옹+왕왕

야옹님 수치도 모두 정상이네요~

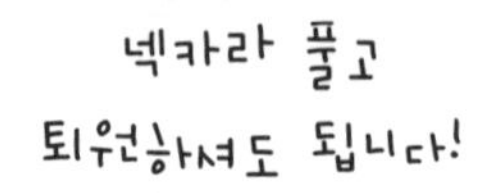

고양이의 세계에도 존재하는 희로애락.

집사와 함께라면 어떤 일도 극복할 수 있답니다.

모든 고양이가 아프지 말고 건강하기를….

에필로그

저는 아주 어릴 적부터 늘 그림 작가를 꿈꿔 왔습니다. 스케치북을 다 쓰고 나면 집에 쌓여 있는 우편물을 그러모아 빈 공간을 빼곡히 채우곤 했습니다. 요즘도 당장 종이가 없을 땐 쇼핑백에라도 끄적거릴 정도로 그림 그리는 일을 좋아합니다. 그런 제게 우연한 기회가 찾아왔습니다. 사부작사부작 인스타그램에 올리던 만화를 한 웹툰 플랫폼 담당자분이 좋게 봐주어 정식 작가로 발탁된 것이죠. 곧이어 그림 에세이 출판을 확정 지었고, '경북 웹툰 캠퍼스'에서 개인 전시를 열기도 했습니다. 또 생방송으로 진행되는 라디오 인

터뷰에 출연해 보고, 지역 공모전에서 수상해 공사장 외벽에 제 그림이 실리는 경험도 했답니다. '어쩌다 이런 꿈만 같은 일들이 내게 일어났을까?' 곰곰이 생각해 보니, 언제나 간절히 바라오고 목표했던 오랜 꿈이어서이지 않을까 하는 단순한 결론을 내렸답니다. 이 마음을 잃지 않으려 합니다.

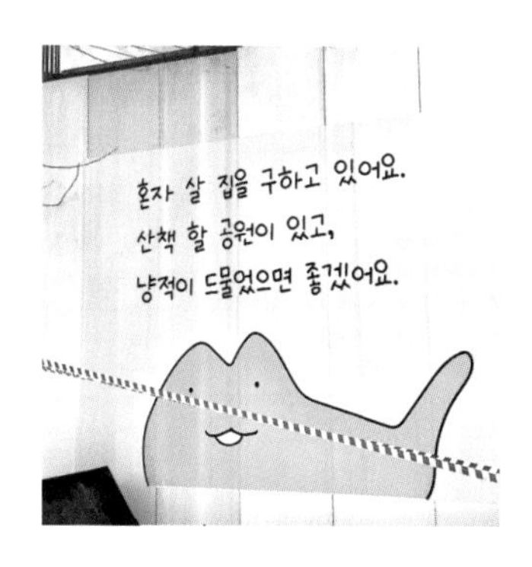

귀여움과 힐링이라는 말에 이끌려 이 책을 만난 여러분께 앞으로도 웃음과 위로, 공감을 건네는 좋은 작가로 오래오래 남고 싶습니다. 읽어 주신 모든 분께 진심으로 감사드립니다.

코큐보 드림

이 책은 '2023 만화 출판 지원사업'의 선정작으로,
한국만화영상진흥원의 지원을 받아 제작되었습니다.

고양이의 이중생활

초판 1쇄 발행 2023년 10월 27일
초판 2쇄 발행 2024년 2월 15일

지은이 코큐보(정은규)
펴낸이 허대우

편집 한혜인, 이정은
디자인 도미솔
영업·마케팅 도건홍, 김은석, 정성효, 김서연, 김경언
경영지원 채희승, 안보람, 황정웅

펴낸곳 ㈜좋은생각사람들
주소 서울시 마포구 월드컵북로22 영준빌딩 2층
이메일 book@positive.co.kr
출판등록 2004년 8월 4일 제2004-000184호

ISBN 979-11-93300-03-9 (03810)

좋은생각은 긍정, 희망, 사랑, 위로, 즐거움을 불어넣는 책을 만듭니다.

positivebook_insta www.positive.co.kr